U0111391

四大名著・漢語拼音版

三國演義

原著 羅貫中

新雅文化事業有限公司
www.sunya.com.hk

目錄

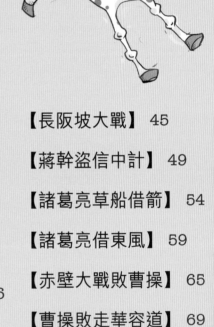

人物介紹

曹操：東漢的丞相，生性多疑。

劉備：漢室的後代，蜀國的開國皇帝，重視人才。

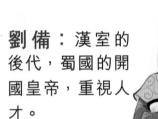

孫權：吳國的開國皇帝，很有謀略。

關羽：劉備的大將，武藝高強。

張飛：劉備的大將，性格豪爽。

諸葛亮：蜀漢的丞相，才能過人。

呂布：董卓的大將，智勇雙全。

貂蟬：王允的養女，長得很漂亮。

周瑜：孫權的大將，嫉妒心很重。

董卓：東漢的大臣，性格兇殘。

王允：東漢的大臣。

許攸：袁紹的謀士，後轉投曹操。

徐庶：劉備的軍師，後因救母而轉投曹操旗下。

夏侯惇：曹操的部將。

袁紹：東漢的權臣。

趙雲：三國時期蜀漢名將。

蔣幹：曹操的謀士。

喝！

黃忠：三國時期蜀漢名將。

馬超：劉備的大將。

魯肅：孫權的部下。

嚴顏：三國時期蜀漢名將。

張郃：先是袁紹的部下，後轉投曹操。

啊

龐統：劉備的謀士。

楊修：曹操的謀士。

華佗：三國時期的名醫。

呂蒙：孫權的大將。

孟獲：西南少數民族首領。

姜維：蜀漢大將軍，先是曹操的部下，後轉投劉備。

馬謖：蜀漢將軍。

司馬炎：西晉的開國皇帝。

司馬懿：三國時期魏國的大將。

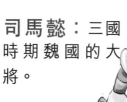

桃園三結義

東漢末年的時候，朝廷腐敗，諸侯割據，盜賊四處作亂，百姓生活得很苦。當時，一個叫張角的人，把很多百姓組成軍隊來爭奪皇位。皇帝十分着急，就在大街小巷貼出告示：誰能打敗張角，誰就可以被封官，得到很多的獎賞。

劉備是一個賣草鞋小販，不過，他一直想着當官為百姓做事，這天他遇到了關羽和張飛兩位朋友。三個人喝酒聊天，都想有所作為，於是，在張飛家的

táo yuán lǐ jié bài chéng wéi xiōng dì
桃園裏結拜成為兄弟。

zhè sān gè xiōng dì　　gè yǒu gè de běn shi　　yě yǒu
這三個兄弟，各有各的本事，也有

gè zì zuì hǎo de wǔ qì　　liú bèi yòng de shì shuāng gǔ bǎo
各自最好的武器。劉備用的是雙股寶

jiàn　　guān yǔ yòng de shì qīng lóng yǎn yuè dāo　　ér zhāng fēi yòng
劍，關羽用的是青龍偃月刀，而張飛用

de shì yí zhàng bā chǐ de shé máo　　tā men jiā rù le huáng dì
的是一丈八尺的蛇矛。他們加入了皇帝

de jūn duì　　dǎ zhàng shí sān rén dōu yīng yǒng shàn zhàn　　yīn cǐ
的軍隊，打仗時三人都英勇善戰，因此

míng shēng yuè lái yuè dà　　xǔ duō shì bīng dōu duì tā men pèi fú
名聲越來越大，許多士兵都對他們佩服

jí le　　tā men yì qǐ chī fàn yì qǐ zhù　　gǎn qíng yě jiù
極了。他們一起吃飯一起住，感情也就

yuè lái yuè hǎo　　dǎ zhàng pèi hé de yě jiù yuè lái yuè yǒu mò
越來越好，打仗配合得也就越來越有默

qì le
契了。

yǒu yì tiān　　yí gè hěn tān xīn de rén lái xiàng zuò xiàn
有一天，一個很貪心的人來向做縣

guān de liú bèi lè suǒ qián cái　　liú bèi bù gěi tā　　tā jiù
官的劉備勒索錢財。劉備不給他，他就

dào chù zào yáo shuō liú bèi shì tān guān　　zhāng fēi tīng dào zhè jiàn
到處造謠說劉備是貪官。張飛聽到這件

事，十分氣憤，立刻抓住那個人，把他
綁在樹上，用柳樹枝狠狠地打他。那個
人痛得大叫，連忙求張飛饒命。劉備
把自己的官印掛到那個人的脖子
上，訓斥了他
一頓，接着三人
便離開此地了。

劉關張大戰呂布

董卓是京城裏的大貪官，他做的壞事不計其數。對於董卓的暴行，百姓和大臣都十分痛恨。曹操很想除掉董卓，於是聯合很多諸侯，召集了四十萬大軍

去殺董卓。呂布是董卓的乾兒子和得力

助手，他智勇雙全，精通各種戰術，曹

操率領的軍隊被他打敗。看到呂布這麼

厲害，大家都不敢去殺董卓了。

　　張飛看到這情況急了，他拿着一

丈八尺長的蛇矛衝出軍隊，不顧一切地

刺向呂布。呂布一閃，就躲開了。兩個

人打了五十多個回合，張飛也沒打贏呂

布。這時，關羽出馬了，他騎着寶馬，

耍起大刀，衝上前跟張飛一起打呂布。

可是，還是沒能分出輸贏。最後劉備也

出馬了，三兄弟一起與呂布打起來。他

們圍住呂布，輪番上前攻擊，四人打得

難分難解，雙方士兵大聲吶喊助威。

剛剛開始的時候，呂布還能應付劉備、張飛和關羽的進攻，可是漸漸的就體力不支了，最後他只好放棄，計劃逃走。他假裝向劉備刺去，劉備趕快向旁邊一閃，呂布就趁機衝出了三個人的包圍。劉備他們不願意就這樣讓呂布輕易跑掉，急忙在後面追。但是，呂布騎的馬是跑得非常快的赤兔馬，他們三個無法追上。不過，最後劉備還是打贏了董卓。

美人計父子相殘

董卓幾次戰敗後，去了長安。到長安後，董卓繼續作惡，大家都對他痛恨不已。有位大臣叫王允，決定為民除害，他想出了一條妙計。一天，他請呂布來做客，特意讓一個名叫貂蟬的漂亮女孩子出現在他面前，呂布一下子就被她的美貌迷住了，心花怒放的。

貂蟬是王允收養的女兒，十分聽他的話，知道王允的計劃後，她決定幫助王允殺董卓。貂蟬陪呂布喝酒，為呂布唱歌，很快，呂布就深深地喜歡了她。

見到呂布已經喜歡上貂嬋，王允就向呂布提議把貂嬋嫁給他，呂布非常高興。幾天

後，王允又故意請董卓來家吃飯，又讓貂蟬在董卓面前唱歌跳舞。董卓一見貂蟬，就立刻被她迷住了，王允把貂蟬送到董卓家裏。呂布聽到這件事，去找王允算賬。王允告訴他，董卓是把貂蟬帶回府去嫁給他的。可是，董卓府中的人告訴呂布，昨夜董卓已和貂蟬成親了，呂布便生氣地跑去找董卓算賬。

貂蟬見到呂布來了，假裝委屈流淚。

呂布見到這情景，恨得牙齒咯咯地響。貂蟬拉着呂布的手，傷心欲絕地說：「我今生不能做你的妻子了，希望來世再相會吧！」說完，貂蟬就假裝要

tiào jìn chí táng li　　lǚ bù lián máng bǎ tā jǐn jǐn de bào zài
跳進池塘裏。呂布連忙把她緊緊地抱在

huái li　　　yì biān gěi tā cā yǎn lèi　　　yì biān shuō　　　　　wǒ
懷裏，一邊給她擦眼淚，一邊說：「我

yí dìng huì xiǎng chū bàn fǎ hé nǐ zài yì qǐ de　　　　shéi
一定會想出辦法和你在一起的。」誰

知，這一幕被董卓看到了！他氣急敗壞
地拿起兵器要殺呂布，呂布一氣之下把
董卓殺了，然後投靠袁術去了。最後，
呂布還是被曹操殺了。

顏良大戰白馬坡

曹操一直認為能夠和他爭天下的，只有劉備一人，因此他對劉備的戒心十分大，並且極想除掉劉備。這一年，曹操準備攻打劉備。張飛知道後，帶兵衝進了曹操的營寨，奇怪的是，營寨裏空蕩蕩的，一個人也沒有。原來是曹操預料到張飛會來，特意使用的戰略。

不僅張飛失了手，劉備在另一邊帶的一隊兵馬也被曹操打敗了。劉備逃到青州去，並讓關羽幫忙照顧他的妻子和兒子。關羽被曹操的大軍圍困在城裏，

wú chù kě táo　　cáo cāo jiào shǒu xià zhāng liáo qù quàn guān yǔ tóu
無處可逃。曹操叫手下張遼去勸關羽投

xiáng　　guān yǔ kāi shǐ shí tài dù hěn jiān jué　　hòu lái wèi le
降，關羽開始時態度很堅決，後來為了

bǎo hù liú bèi de qī zi hé ér zi　　zhǐ hǎo dā ying le
保護劉備的妻子和兒子，只好答應了。

guān yǔ hé cáo cāo yuē dìng　　zhǐ yào rì hòu zhī dào liú bèi zài
關羽和曹操約定，只要日後知道劉備在

shén me dì fang　　tā jiù huì lí kāi cáo cāo qù zhǎo liú bèi
什麼地方，他就會離開曹操去找劉備。

cáo cāo fēi cháng xīn shǎng guān yǔ　　yú shì mǎn kǒu dā ying　lìng
曹操非常欣賞關羽，於是滿口答應。另

一方面，他送了很多

金子給關羽，又送新

戰袍和呂布的赤兔馬

給關羽，想用此方法

把關羽永遠留在自己

身邊，可是關羽始終

關羽

忘不了劉備。

這期間，劉備和袁紹召集了一大批兵馬，派顏良去攻打白馬坡。顏良的武功很好，一連把曹操的幾名大將都打敗了。曹操十分憂悶。這時，關羽主動來到曹操面前，說：「讓我去殺顏良吧。」

曹操非常高興，囑咐關羽：「小心！不可輕敵。」關羽立即上馬來到戰場上，大喝一聲，一刀就把顏良砍下馬來。曹軍乘勢攻擊，袁紹軍隊大敗。曹操稱讚關羽說：「將軍真是神人啊！」不久，關羽知道劉備在袁紹那裏，終於放心了。

過五關斬六將

有了關羽的幫助，曹操很快打敗了袁紹和劉備，他更加欣賞和倚重關羽了。不過，當關羽知道劉備的下落後，他就打算離開曹操去找劉備。曹操不願意關羽走，再三挽留。但關羽心意已決，他給曹操留下一封信，然後帶着勇士，保

護着劉備的妻子和兒子衝出了城門。曹操知道留不住關羽，就沒有阻攔，帶幾員大將給他送行。關羽對曹操說了聲謝謝，然後轉身走了。

關羽來到東嶺關，曹操的大將孔秀攔住了他，關羽一刀就把他劈下馬。

到達洛陽，關羽又把曹操的大將孟坦打敗了。不料，關羽卻中了另外一個大將韓福的暗箭，左手受傷，血流不止。但是關羽還是衝散士兵，一刀把韓福殺掉了。到了汜水關，關羽又把大將卞喜打敗。在滎陽，關羽打敗了王植。到黃河渡口，又打敗了秦琪。這就是關羽名揚後世的「過五關斬六將」。

關羽保護着劉備的妻兒繼續去找劉備，不料曹操手下一位武藝高強的大將夏侯惇，見到關羽一路上殺了曹操六員大將，十分憤怒，便飛馬追上關羽，要為部將報仇，他們打了很多回合都分不出勝負。

夏侯惇

關羽

這期間，曹操連派兩位使者來叫夏侯惇不要再阻攔關羽，但夏侯惇都不肯答應。最後，曹操派了大將張遼到來，並告訴夏侯惇曹操已經知道了關羽連殺六將之事，但仍然決定放行。夏侯惇只得把關羽放走了。後來，關羽終於找到了張飛和劉備，三個好朋友重新聚在一起。

官渡之戰敗袁紹

這個時候，各路諸侯爭相混戰，大家都為爭地盤打得頭破血流。其中，勢力最強的是袁紹和曹操。袁紹為了爭奪更多的地盤，決定攻打曹操，他帶領七十萬大軍前往官渡。官渡是一個軍事要地，曹操早在袁紹來之前就已經在這裏紮營了。雙方都鎮守在兩邊不交戰，但是曹操的軍糧就快吃完了。

袁紹手下有個名叫許攸的謀士，他建議袁紹去攻打曹操放糧食的地方。可是袁紹不同意，反而想到許攸是曹操小

時候的朋友，懷疑他是曹
操的人，於是把他趕走。許
攸的手下勸許攸，不如投奔曹
操。曹操看到許攸，非常高興，
十分恭敬地接待他，並且
接受他的計謀。第二天夜
裏，曹操帶着五千士兵，

假扮袁軍兵馬，到袁紹存放糧草的地
jiǎ bàn yuán jūn bīng mǎ　dào yuán shào cún fàng liáng cǎo de dì

方，放火燒了袁紹的倉庫，把袁紹的糧
fāng　fàng huǒ shāo le yuán shào de cāng kù　bǎ yuán shào de liáng

草全部燒光。袁紹和士兵都慌忙逃生，
cǎo quán bù shāo guāng　yuán shào hé shì bīng dōu huāng máng táo shēng

曹操大獲全勝。
cáo cāo dà huò quán shèng

徐庶薦諸葛亮

這天，劉備騎着馬走在野外，心
裏為自己要做大事卻沒有人幫
助而着急。突然，不遠處一個
身穿布袍的人，邊走邊唱：

徐庶

「天地翻覆啊，火將要滅；大廈將要傾倒啊，獨木難以支撐。山谷裏有才能的啊，想投靠賢明的主人；賢明的主人想尋找有才能的人啊，卻不知道有我。」

劉備一聽，心裏暗想：這個人肯定不是一個平凡人，我要找的人就是他了！原來這個人叫徐庶，是特意前來投奔劉備的。

劉備得到徐庶的幫助，多次打敗曹操。曹操這下可着急了，他四處打聽是誰在幫劉備。打探的人告訴他，是一個叫徐庶的人。這人還說，徐庶是個孝子，因為父親很早死了，所以他特別孝

徐母

曹操

jìng mǔ qīn　rú guǒ yòng tā de mǔ qīn lái yòu xiáng　xú shù
敬母親，如果用他的母親來誘降，徐庶

yí dìng huì dā ying de　yú shì　cáo cāo jiù lì jí pài rén
一定會答應的。於是，曹操就立即派人

bǎ xú shù de mǔ qīn jiē dào cáo yíng　bìng qiě jiǎ jiè tā de
把徐庶的母親接到曹營，並且假借她的

míng yì xiě le yì fēng xìn gěi xú shù　jiào tā tóu xiáng cáo
名義寫了一封信給徐庶，叫他投降曹

cāo　yǐ miǎn zì jǐ bèi shā
操，以免自己被殺。

xú shù xìn yǐ wéi zhēn　tā dān xīn zì jǐ de mǔ qīn
徐庶信以為真，他擔心自己的母親

會受到曹操的傷害，只好向劉備稟告，並向他告別，劉備非常不捨，騎着馬送了徐庶很長的路，並一再表示希望日後還能有機會相聚。徐庶騎馬走後，劉備對着他的背影傷心不已。可沒過多久，徐庶又騎馬返回來，劉備喜出望外，以為徐庶回心轉意，但徐庶卻是向劉備推薦了一個能人。他告訴劉備，在隆中有一個叫諸葛亮的人，因他住的地方叫臥龍崗，所以自稱「臥龍」。他是天下最有才能的人，比自己要聰明許多，如果能夠得到他的幫助，得到天下就不是難事了。說完，徐庶就離開了。

三顧茅廬請諸葛亮

劉備聽了徐庶的話，便決定去請諸葛亮來當自己的軍師。於是，他和關羽、張飛一起來到諸葛亮住的地方。在一間茅廬外，只見一位書童在掃地，他說諸葛亮不在家，也不知道他什麼時候回來。劉備沒辦法，只好回去了。過了幾天，劉備打聽到消息說諸葛亮回來了，決定再去請諸葛亮。在茅廬裏，有一個年輕人正在讀書，劉備高興地一問，才得知這個人不是諸葛亮，而是諸葛亮的弟弟！劉備又失望地離開了。到

張飛　關羽　劉備

le dì èr nián chūn tiān　　liú bèi zài cì dài shàng lǐ wù　　hé
了第二年春天，劉備再次帶上禮物，和

guān yǔ　　zhāng fēi dì sān cì bài fǎng zhū gě liàng
關羽、張飛第三次拜訪諸葛亮。

zhè cì zhū gě liàng zǒng suàn zài jiā le　　kě shì tā
這次諸葛亮總算在家了，可是他

zhèng zài shuì wǔ jiào　　zhāng fēi xìng zi jí　　xiǎng qù jiào xǐng zhū
正在睡午覺。張飛性子急，想去叫醒諸

葛亮，還說要燒了他的房子。關羽連忙
攔住他，勸他不要着急，三人一起在門
外耐心等候。他們一直等到太陽快落山
時，諸葛亮才醒來，然後請他們進去。

諸葛亮知道劉備已經找過他三次了，覺
得他們很有誠意，就向劉備分析當時的
形勢，教他取勝的方法。

劉備聽了諸葛亮的分析，十分佩
服，他請諸葛亮當他的軍師。可是諸葛
亮推辭說自己已經在鄉下住習慣了，很
享受耕種的生活，不願跟劉備走。劉備
聽了，流着眼淚對他說：「先生如果不
來幫助我，天下的老百姓就會要長久地

經歷戰禍。」淚水把衣服都弄濕了。諸

葛亮很感動，於是接受了劉備的邀請。

儘管諸葛亮從來都沒有真正打過仗，但

是他聰慧過人，懂得天文知曉地理和行

軍布陣，在他的指揮下，劉備他們打了

好幾次勝仗。劉備十分開心，關羽、張

飛對諸葛亮也十分敬佩。

趙雲單騎救阿斗

諸葛亮神機妙算，輔助劉備好幾次打敗了曹操的軍隊。曹操覺得十分丟臉，於是帶領大軍去荊州，要和劉備大戰一場。劉備的軍隊自然不是曹操的對手，只好趕快帶着家眷和隨從逃亡，曹操在後面窮追不捨。逃亡中，劉備和自己的兩個妻子還有兒子阿斗失散了，趙雲知道了，十分焦急。

趙雲騎着飛馬，四處尋找劉備的兩位夫人和阿斗。最後終於找到了甘夫人，可是糜夫人和阿斗卻仍下落不明。

這時候，曹操一隊人馬衝了過來。趙雲正着急生氣，他大叫一聲，拿着紅纓槍就衝過去，嚇得曹軍士兵四散逃跑。趙雲逢人便打探糜夫人的消息，最後，在一個牆角裏終於找到了糜夫人和阿斗。

趙雲

糜夫人身受重傷，坐在一口枯井旁邊哭泣，她把阿斗交給趙雲，叫她一定要帶他見到劉備。

這時，又有一隊兵馬向着趙雲衝過來。糜夫人看到情況危急，再次對趙雲說：「趙將軍，你護着阿斗走吧，我已無法走了，不用管我。」說完，她把阿斗放在地上，跳進枯井中。趙雲悲憤極了，他把阿斗放進懷中，把土牆推倒掩蓋了枯井，便大吼一聲，抱着小阿斗殺了出去。

一路上，又有很多曹操的兵馬來攔截趙雲。趙雲十分勇猛，他一手拿着

趙雲

槍，一手拿着劍，打倒前來的士兵，終於衝出了重重包圍。當趙雲趕到長阪橋和張飛、劉備會面時，戰袍上面已經滿是血跡，人和馬都已經疲憊不堪。他解開自己胸前的衣服，見到阿斗仍然熟睡未醒，連忙雙手遞給劉備。

趙雲

阿斗

長阪坡大戰

這時候，曹操帶着大隊人馬正在追趕過來。張飛讓趙雲到安全的地方去休息，自己則跨上馬，帶着蛇矛，站在長阪橋上等曹操到來。曹操帶着軍隊來到橋頭，看見張飛氣勢洶洶地站在橋上，對面的樹林裏塵土飛揚，好像劉備的軍隊要衝過來了，曹軍嚇得不敢動。其實，這不過是張飛想出來的辦法：他叫士兵在馬尾巴上綁上樹枝，然後在樹林裏跑來跑去，令塵土飛揚起來，好像藏着很多士兵，而曹操的士兵卻中計了。

曹操騎馬從後面趕上來看是怎麼
cáo cāo qí mǎ cóng hòu miàn gǎn shang lai kàn shì zěn me

回事。這時，只聽見張飛在橋上高聲大
huí shì zhè shí zhǐ tīng jiàn zhāng fēi zài qiáo shang gāo shēng dà

喊：「燕人張飛在此，誰敢和我決鬥？」
hǎn yān rén zhāng fēi zài cǐ shéi gǎn hé wǒ jué dòu

雷鳴般的喊聲震耳欲聾，士兵們都嚇得
léi míng bān de hǎn shēng zhèn ěr yù lóng shì bīng men dōu xià de

發抖，一個將領更是嚇得從馬上摔下
fā dǒu yí gè jiàng lǐng gèng shì xià de cóng mǎ shang shuāi xia

來，就連曹操也嚇得回馬就跑。曹操的軍隊亂成一片，趁着這個時機，張飛把橋拆掉了。曹操跑着跑着，越來越覺得有問題，派人來查看發覺上了張飛的當。

於是，曹操領着大軍又回到長阪橋。可是橋已經被張飛拆掉，曹操只好叫人趕緊搭橋。橋搭好，剛過了橋，曹操就命令手下將領向劉備猛撲過去。突然後面有人大叫：「我在此等候很長時間了！」原來是關羽來了。諸葛亮早就料到曹操會回來，就叫關羽保護劉備。曹操一看關羽來了，嚇得趕緊逃跑。

蔣幹盜信中計

曹操的勢力越來越強大，諸葛亮

建議劉備聯合孫權一起對抗曹操。諸葛

亮和孫權的手下魯肅一起到東吳去商量

對策。第二天，諸葛亮和東吳的大臣一

49

起討論，東吳很多大臣都害怕曹操的勢力，想向曹操投降，他們嘲笑諸葛亮自不量力，不過諸葛亮並不生氣，他將情況一一分析給大家聽，沒有人可以駁倒他。孫權聽完諸葛亮的話，覺得可以打敗曹操，於是答應和劉備合作。

　　曹操知道孫權和劉備的軍隊要聯合起來對付他，他一邊叫蔡瑁和張允兩個人訓練水軍，一邊叫蔣幹去勸東吳的大將周瑜投降。周瑜和蔣幹是老同學，他對蔣幹的性格十分了解，於是設計騙他。當蔣幹到來時，周瑜大擺筵席，十分熱情地招待他，還對部下說：「這是

我的老同學、好朋友，今天我們要大醉

而歸。」他假裝喝了很多酒，然後衣服

也沒脫就倒在牀上睡着了。蔣幹以為周

瑜喝醉了，就偷偷地看周瑜故意放在桌

子上的信。信上寫的全是蔡瑁和張允大

罵曹操的話，並說找到合適的機會，就

會殺了曹操。蔣幹以為蔡瑁和張允勾結

東吳，就趕忙拿着信偷偷地溜出軍營，

把信交給曹操。

　　曹操一看信，就氣壞了。他想也

沒想就把蔡瑁和張允都殺了，另外再選

人訓練水軍。周瑜知道曹操中了計，內

心十分歡喜。為了證明自己比諸葛亮聰

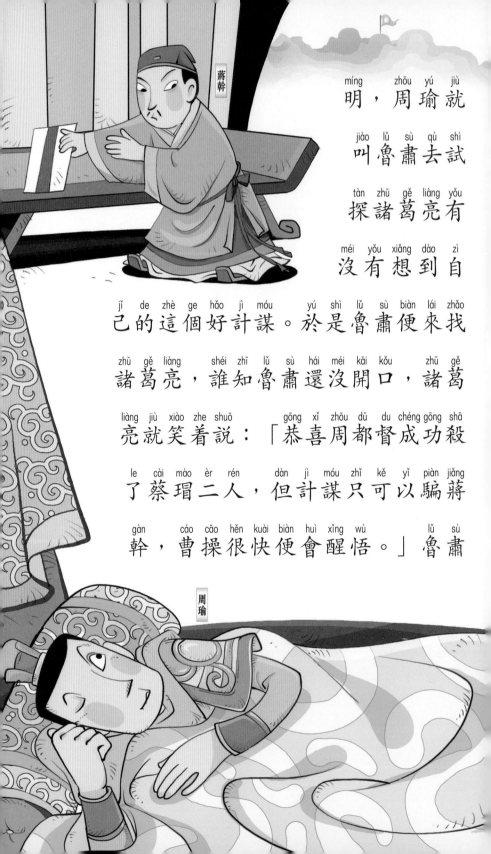

míng, zhōu yú jiù
明，周瑜就

jiào lǔ sù qù shì
叫魯肅去試

tàn zhū gě liàng yǒu
探諸葛亮有

méi yǒu xiǎng dào zì
沒有想到自

jǐ de zhè ge hǎo jì móu yú shì lǔ sù biàn lái zhǎo
己的這個好計謀。於是魯肅便來找

zhū gě liàng shéi zhī lǔ sù hái méi kāi kǒu zhū gě
諸葛亮，誰知魯肅還沒開口，諸葛

liàng jiù xiào zhe shuō gōng xǐ zhōu dū du chéng gōng shā
亮就笑着說：「恭喜周都督成功殺

le cài mào èr rén dàn jì móu zhǐ kě yǐ piàn jiǎng
了蔡瑁二人，但計謀只可以騙蔣

gàn cáo cāo hěn kuài biàn huì xǐng wù lǔ sù
幹，曹操很快便會醒悟。」魯肅

聽後心裏對諸葛亮佩服得五體投地。周
瑜聽說後，感到十分吃驚，便想殺掉諸
葛亮。

諸葛亮草船借箭

周瑜是一個十分聰明的人，但是嫉妒心很重，他一直想除掉諸葛亮。這天，諸葛亮跟他說在江上攻打曹操，最好的武器是弓箭，周瑜立即趁機要諸葛亮十天之內做好十萬枝箭，諸葛亮想都沒想就答應了。周瑜心中暗自高興：這下看你怎麼辦？諸葛亮向魯肅借了二十隻小船，用草做了一千多個士兵形狀的人偶，並排站在小船的兩邊。做好這些後，諸葛亮就讓大家休息，而他只是看天氣，大家都不知道他葫蘆裏賣的是什

麼藥。

到了第三天半夜，諸葛亮請魯肅來和他一同去取箭。他叫人把二十條小船連在一起，向曹操的軍營駛去，自己卻和魯肅在船艙裏喝酒、聊天。當二十條小船快接近曹操軍營的時候，諸葛亮突然令士兵擊響戰鼓。這時，江面上都是大霧，什麼也看不清。曹操聽見戰鼓，以為是孫劉的軍隊來進攻了，當時天黑霧大，曹操不敢輕易打過去，就下令讓弓箭手往草船上射箭。

黑夜中，曹軍的箭像雨點似的射過來。不一會兒，二十條船上草人的一

55

面就插滿箭了。諸葛亮下令調轉船頭，用另一邊的草人來接箭。由於曹軍全力發箭，很快另一邊的草人也插滿了箭。這時，已經快天亮了，太陽快出來了，霧漸漸散開，諸葛亮下令收船回營，並讓士兵齊聲大喊：「謝謝丞相送箭給我們！」當曹操知道是怎麼回事後，馬

上派人去追，可是小船早就沒影了，曹操懊悔不已。大家這時才知道諸葛亮的「借箭」計謀。

二十條小船滿載十幾萬支箭回到東吳，士兵們把一捆捆的箭搬到周瑜的軍營裏。周瑜派人一數，足足有十五六萬支箭，魯肅又把諸葛亮怎麼用草船借箭

de shì shuō le yí biàn　　zhōu yú bù yóu gǎn tàn shuō
的事說了一遍。周瑜不由感歎說：

ài　　zhū gě liàng zhēn shì shén rén a　　què shí bǐ wǒ cōng
「唉，諸葛亮真是神人啊，確實比我聰

míng xǔ duō　　wǒ fú le　　jiē zhe　　zhōu yú bù gǎn yǒu
明許多，我服了！」接着，周瑜不敢有

suǒ dān wù　　gǎn jǐn yāo qǐng zhū gě liàng lái hē jiǔ　　gòng tóng
所耽誤，趕緊邀請諸葛亮來喝酒，共同

shāng liang gāi rú hé yì qǐ duì fù cáo cāo
商量該如何一起對付曹操。

諸葛亮借東風

相比曹操的百萬大軍，劉備和孫權的軍隊實力實在太弱小了。諸葛亮和東吳的大臣商量，決定用計謀取勝，於是上演了一場苦肉計，讓一名叫黃蓋的將軍假裝向曹操投降。儘管黃蓋年紀很大了，但是為了讓曹操相信，周瑜命人把黃蓋打得皮開肉綻。不過，多疑的曹操還是有點不相信，派蔣幹前來打探。

周瑜知道蔣幹來的目的，於是乾脆就叫龐統去騙他。龐統故意當着蔣幹的面說了很多周瑜的壞話，還說想投奔曹

操。蔣幹沒有一點懷疑，就把龐統帶到曹操面前。龐統向曹操建議，把曹軍大大小小的船用鐵索連起來，這樣士兵們就不會暈船了。曹操認為是個好方法，立即吩咐士兵們照做。果然，曹操的士兵們在用鐵索連起來的戰船上操練不再暈船，只是曹操不知道他已經中了周瑜的計。

幾天之後，曹操在船上檢閱士兵，他看見士兵在用鐵索連接起來的船上操練，就跟在平地上一樣，高興極了。這時，曹操身邊一個叫程昱的謀士告誡曹操，說：「用鐵索將船連在一起雖然很

平穩，但敵人要是放火燒，那就逃不了。」曹操一聽，哈哈大笑說：「現在是冬天，颳的是西北風，我們在東邊，他們要是放火燒，豈不是燒到自己？」

曹操說的沒錯，此時是冬季，西北風從早颳到晚，哪會有東風呢？眼看着就快要開戰，可是還不見風向轉變，周瑜急出病來了，大家都十分焦急，雖然請醫生診治，但不見好轉。諸葛亮知道後，主動去見周瑜，並說他有一個藥方，一定能治好周瑜的病。周瑜打開一看，只見上面寫着：「要攻破曹操大軍，必須用火攻。現在所有事情都準備

好了，只是欠東風。」周瑜心中歎服，

連忙向諸葛亮求助，諸葛亮説：「不用

着急，看我向老天借一場東風來！」當

天晚上，諸葛亮設了祭壇，然後靜氣凝

神，開始唸起咒語。不一會兒，之前還

在呼呼颳着的西北風果然轉為東南風！

大家都感到太神奇了。其實，這是諸葛

亮憑借豐富的天文地理知識算出來的，

並不是什麼法術。

周瑜和眾將領在軍中等候，只等風向一變便立即出兵，果然，夜裏颳起了東南風，周瑜十分吃驚，他不安地想：諸葛亮這麼厲害，連天上的風都能控制，在我們共同打敗曹操後，他必然會成為東吳的敵人，不如儘早把他殺掉，免除後患。於是，他派了兩名將軍前去刺殺諸葛亮。當兩位將軍趕到諸葛亮設祭壇的地方時，諸葛亮早已經走了，他早就知道周瑜容不下他。那兩位將軍追上來，但被趕來迎接諸葛亮的趙雲射掉風帆，只好回去了。

赤壁大戰敗曹操

諸葛亮為周瑜借來了東風，孫劉兩軍和曹軍開始打起來。依照計策，黃蓋給曹操送了一封信，信上說，他將在半夜的時候帶着糧草投靠曹操，欣喜若狂的曹操這次沒有懷疑。果然，半夜時，一隊船從東吳戰營裏駛出來，曹操睜大眼睛一看，旗子上有個「黃」字，曹操這下放心了。

但是曹操的謀士程昱卻越看越覺得不對勁，他說：「現在正颳東南風，很危險。而且黃蓋是帶着糧草來投降的，

chuán yīng gāi hěn chén zhòng　dàn kàn shǐ lái de chuán zhī　hěn qīng
船應該很沉重。但看駛來的船隻，很輕

de fú zài shuǐ miàn shang　kǒng fáng yǒu jiān jì　cáo cāo zhè
的浮在水面上，恐防有奸計。」曹操這

cái jué chá guo lai　pài rén lán zǔ xiǎo chuán　dàn shì yǐ jing
才覺察過來，派人攔阻小船。但是已經

lái bù jí le　èr shí tiáo mǎn zài gān chái hé lú wěi de
來不及了，二十條滿載乾柴和蘆葦的

小船燃起
了熊熊大
火。這些小
船藉着東風，一
直衝進曹操的軍營
裏。曹操的戰船被大鐵環鎖
住，來不及解開。曹操只能眼巴巴地
看着戰船起火卻毫無辦法。士兵們無處
逃竄，死傷無數。

曹操坐着的大船也起火了，黃蓋

駕着小船從後面追上來，大聲叫嚷着要殺掉曹操。就在黃蓋差點追上曹操的一刻，張遼趕到了，他及時把曹操送上一艘小船，然後轉身拉弓射向黃蓋。這一箭正好把黃蓋射下水。等黃蓋爬上船時，曹操已經跑遠了。這時，曹操只剩下一百多名士兵。他的幾十萬大軍死的死，傷的傷。這一戰，讓曹操元氣大傷，也讓他後悔不已。

曹操敗走華容道

曹操逃到烏林，烏林是一個地勢十分險要的軍事重地，曹操決定在這裏好好休息，正當他在慶幸諸葛亮和周瑜沒有在這裏設置守衞時，趙雲突然從旁邊殺了出來，曹操嚇了一大跳，趕緊叫手下張遼抵擋趙雲，自己騎着馬逃跑了。

曹操好不容易逃到了葫蘆口，這才敢稍微停下來，他坐在一棵樹下休息。不一會兒，自大的他又自言自語起來：「看起來諸葛亮還是不如我，如果我是他，早就在這裏設下埋伏了！」誰知他

剛說完，張飛就帶着一羣士兵衝了過來，曹操連忙起身上馬逃走。他的幾名大將才和趙雲打完，就又和張飛打了起來。曹操趁着他們混戰，策馬揚鞭，跑到了岔路口。

岔路口前面有兩條路，一條是叫做華容道

曹操

的小路，坑坑窪窪的很難走。另一條是

平坦的大路，非常安靜，一個人也沒

有。曹操決定走小路，他以為諸葛亮猜

不到。他騎着馬，走着走着，突然大笑

起來，說：「人人都說諸葛亮聰明，但

我看來，也不過是無能之輩。如果他派

兵在此埋伏，我們就一定束手就擒了。」

話剛說完，一聲炮響，關羽帶着兵馬出現在他眼前。曹操沒辦法逃走，只好求關羽放他走。關羽想起以前曹操對自己有恩，就放他走了。曹操逃脫了華容道之難，點算了一下人馬，發現只剩下二十七個士兵，他傷心得痛哭起來。

諸葛亮三氣周瑜

周瑜攻打曹操時，中了曹操的圈套，被毒箭射中。當人生氣時，這種毒素就會發散出來，越生氣毒性就會越大。周瑜不願

周瑜

意停下戰鬥去療毒，繼續和曹操作戰。

諸葛亮就趁這個時機，搶奪了南郡，接

着又把荊州和襄陽兩個地方攻打下來。

原來，南郡是周瑜攻下的，卻反倒被諸

葛亮佔領了。周瑜聽到多個地方失守，

當場就氣得暈了過去。

周瑜叫魯肅向劉備把荊州要回來，

但劉備不想給。周瑜就設計騙劉備到東

吳和孫權的妹妹結婚，然後趁機抓住

他。諸葛亮叫趙雲陪劉備一起去，還特

意交待幾件事情。劉備和孫權的妹妹孫

尚香成了親，然後他假裝家裏突然有

急事，帶着孫夫人就走了。儘管周瑜想

在路上攔住他們，

可是他不敢得罪孫夫

人，只好放他們走。周瑜

這下可是「賠了夫人又折兵」，他

氣得大叫一聲，又昏過去了。

周瑜想出一條妙計攻打荊州。到了城下，趙雲對他說：「周瑜，你的主意我們早知道啦！」只聽見「轟隆」一聲，關羽和張飛衝了出來，大喊要抓周瑜。劉備兵馬紛紛殺過來，喊聲震天，人人都說要捉周瑜。周瑜一聽，箭瘡爆裂，在馬上大叫一聲，摔了下來。回到東吳後，周瑜越想越生氣，痛苦地長歎：「既然有周瑜，為何又有諸葛亮呢！」他連叫幾聲，便斷氣了！周瑜去世時才三十六歲。諸葛亮得知他的死訊，也難過得哭了。

馬超大戰曹操

周瑜去世的消息剛傳到曹操的耳朵裏，曹操就立即帶着三十萬人馬攻打東吳。孫權害怕極了，急忙向劉備求救。

諸葛亮叫他放心，他設計讓西涼的馬超去和曹操開戰！馬超的父親是曹操殺死的，諸葛亮知道馬超想報仇。馬超和韓遂帶領兵馬前來找曹操算賬，他們個個驍勇善戰，曹操哪裏抵擋得住，只好落荒而逃。

馬超看見曹操想要逃跑，就急忙大喊：「前面那個穿紅色衣服的就是曹

馬超

操，快抓住他！」

曹操一聽，趕

快把紅色衣服

脫下來扔掉，繼

續跑。馬超又喊：

「那個有長鬍子的就是曹操，不要讓他

逃了！」曹操更害怕了，趕緊把自己的

鬍子也剪掉了。可是馬超又喊：「抓住

那個短鬍子的曹操！」曹操沒辦法，只

好用布包住自己的下巴和脖子，馬鞭子

掉到地上都不敢撿，只趕着逃命。

馬超跟在後面狂追，沒多久就追上

曹操。曹操知道自己打不贏馬超，就趕緊躲到一片樹林裏去。馬超拿着長槍刺曹操，曹操在樹林中間穿梭躲閃，十分狼狽。馬超一下刺偏了，長槍刺進樹幹裏拔不出來。當他費了好大力氣把長槍拔出來時，才發現曹操早已經跑遠了。

這時，曹操手下的大將把馬超包圍起來。馬超勢單力薄，體力不支，只好先衝出去，回家去再說。

曹操

趙雲勇奪阿斗

就在馬超和曹操打得正熱鬧時，孫

權卻計謀奪取劉備的荊

州。孫權寫了一封信給自

己的妹妹孫尚香，騙說母親病重，

希望她帶着劉備

趙雲

孫夫人

的兒子阿斗回來探望母親。其實是孫權想用阿斗來換荊州。孫尚香看到信後十分着急，準備連夜趕回東吳。她帶着阿斗上了船，趙雲正好路過看到，他知道劉備十分疼愛阿斗，於是連忙去追。

　　眼看趙雲就要追上前面的大船，這時候，大船上的士兵突然向趙雲射箭。趙雲沒有盾牌，他站在小船船頭，用長槍撥開飛來的箭。無數的箭向他飛來，可是沒有一箭射中他，全都被撥落在水裏。趙雲不顧一切地衝上前，大叫一聲，用力跳上了大船。他請求孫夫人把阿斗留下，但是孫夫人不肯，趙雲把阿

斗搶了過來，想跳上岸，但無人幫忙，
dǒu qiǎng le guò lái xiǎng tiào shàng àn dàn wú rén bāng máng

危急之際，張飛聽到消息趕來了。他們
wēi jí zhī jì zhāng fēi tīng dào xiāo xi gǎn lái le tā men

勸孫夫人不要回東吳，但孫夫人不聽，
quàn sūn fū rén bú yào huí dōng wú dàn sūn fū rén bù tīng

他們便放走她，然後抱着小阿斗回荊州
tā men biàn fàng zǒu tā rán hòu bào zhe xiǎo ā dǒu huí jīng zhōu

去了。
qù le

龐統命逝落鳳坡

孫尚香獨自一人回到東吳，孫權的計劃落空了，氣急敗壞的他決定攻打荊州。這時，曹操又開始攻打東吳，孫權沒有足夠的兵馬兩邊作戰，便集中力量對付曹操，打了好幾場仗，分不出勝負，曹操只好撤退，決定去打劉備。情況緊急，劉備只好向劉璋借兵，劉璋怕得罪曹操，不願意幫忙，還攔住劉備的軍隊前進。

劉備攻下涪水關後，和龐統商議攻打雒城。當時有兩條路可走，一條是北

面的大路，另一條是南面的小路。龐統

決定讓劉備走大路，自己和魏延一起走

小路。龐統和劉備道別時，他的馬突然

受驚，把龐統摔下來。劉備覺得他的馬

容易受到驚嚇，就把自己的白馬讓給龐

統，然後分開走了。龐統走在小路上，發現兩邊都是山崖。他發覺情勢不妙，命令軍隊迅速後退。突然，從兩邊的山崖上冒出張任的軍隊，一陣亂箭向他密集射來，龐統無處可躲，被箭射死了。

原來，張任的士兵以為騎白馬的人是劉備。這裏叫落鳳坡，而龐統的外號恰好就叫「鳳雛」。

張飛智擒嚴顏

得知龐統的死訊，劉備和諸葛亮失聲痛哭。這時，張飛按照諸葛亮的指示帶兵去攻打巴郡。

曹操的老將嚴顏鎮守在巴郡城下，張飛在城下大叫開門，可是嚴顏置之不理。嚴顏採用堅守城池的方法，希望

張飛

一個多月後張飛沒有糧草便自動退兵。

張飛又叫人勸嚴顏投降，嚴顏不但將勸降者痛打了一頓，還大罵張飛。張飛一聽，這下可不得了啦，他衝到城下大罵嚴顏。嚴顏站在城樓上射了一箭，正中張飛頭盔上的紅纓結，把張飛氣得大罵。

連日罵戰，嚴顏都是緊閉城門不肯出來應戰，張飛想了幾天，終於想到誘騙嚴顏出城的方法。他叫人假裝找到可以繞過巴郡的山路，嚴顏知道後，就帶着士兵去攔截他。張飛和嚴顏兩個人打了幾個回合後，張飛就把嚴顏抓住。可

是嚴顏一點也不害怕，他指著張飛的鼻子大罵：「你們沒有道義，來搶我的地方。只有斷了頭的將軍，沒有投降的將軍！」張飛看到嚴顏寧死不屈，他不但沒有生氣還非常佩服。他親自給嚴顏解開繩子，還向他道了歉。嚴顏也覺得張飛有才有德，就答應和他並肩作戰，一起為劉備效力。

馬超大戰葭萌關

馬超投奔了劉璋，並受令攻打劉備

佔領的葭萌關。這時，關羽不在，諸葛

亮就故意對張飛說：「關羽不在，現在

怎麼辦啊？馬超太厲害了，只有關羽能

勝他。」張飛一聽，十分不服氣，說：

「誰說只有關羽才能打敗馬超！我也

能，讓我出戰，一定讓馬超跪着求饒！」

諸葛亮一聽高興極了，其實他是用計謀

激起張飛的鬥志。

張飛帶着兵馬來到葭萌關，就跟

馬超開戰了。兩個人都是武藝高強的大

將軍，打了一百多個回合，難分勝負。

張飛打得滿頭大汗，馬超也打得氣喘吁吁。天快黑了，劉備不讓張飛繼續打，張飛卻不肯罷手，叫嚷：「多點些火把來照明，安排夜晚繼續對打！」於是兩邊的軍隊就點起上千個火把，把戰場照得像白天一樣光亮。張飛和馬超繼續打起來，可他們都實在太厲害了，打了很久還是不分勝負。

第二天，張飛又想去和馬超對打。這時，諸葛亮來了，他對劉備說：「馬超是一員勇猛將領，和張飛這樣對戰，必有一傷，我有一個辦法可以令馬超投

降我們。」他派人買通

馬超上司張魯身邊的親信，叫那人慫恿

張魯命令馬超撤兵。馬超心想：戰還沒

有打完，怎麼能回去呢？就拒絕聽從命

令。張魯便懷疑馬超要造反，想殺馬

超。馬超沒有辦法只好回去，但回去的

時候張魯不肯開城門放他進來，馬超不

知道怎麼辦，非常懊惱。

　　諸葛亮知道後，立即對劉備說他要趁這機會親自去勸馬超投降，但劉備怕危險，不肯讓諸葛亮去。這時，恰好馬超的一位朋友前來投靠劉備，諸葛亮立即請他去說服馬超。那位朋友對馬超說：「劉備早就知道你的才能，非常欣賞你，希望你能去他那裏幫助他得天下。」又說：「現在大家的共同敵人是曹操，應該一起去攻打他，而不是自相殘殺。」馬超正因為張魯的多疑而煩惱，聽到老朋友的一番話後，覺得很有道理和感動，就轉投劉備旗下了。

關羽單刀赴會

孫權一直想奪回荊州，於是派人抓了諸葛亮的哥哥諸葛瑾一家，放出消息說，如果劉備不歸還荊州就殺了他們。

諸葛亮和劉備商量後，假裝同意將荊州的一半分給孫權。孫權於是派諸葛瑾去荊州。

關羽一直鎮守荊州，他不肯從荊州撤走，還說：「如果不是看在我們軍師的面上，我把你也殺了。」諸葛瑾只好回去把實際情形告訴孫權。孫權就叫魯肅請關羽喝酒，想辦法讓關羽同意。

關羽 魯肅

<ruby>關<rt>guān</rt></ruby><ruby>羽<rt>yǔ</rt></ruby><ruby>知<rt>zhī</rt></ruby><ruby>道<rt>dào</rt></ruby><ruby>孫<rt>sūn</rt></ruby><ruby>權<rt>quán</rt></ruby><ruby>是<rt>shì</rt></ruby><ruby>想<rt>xiǎng</rt></ruby><ruby>藉<rt>jiè</rt></ruby><ruby>此<rt>cǐ</rt></ruby><ruby>機<rt>jī</rt></ruby><ruby>會<rt>huì</rt></ruby><ruby>除<rt>chú</rt></ruby><ruby>掉<rt>diào</rt></ruby><ruby>自<rt>zì</rt></ruby>

<ruby>己<rt>jǐ</rt></ruby>，<ruby>可<rt>kě</rt></ruby><ruby>他<rt>tā</rt></ruby><ruby>還<rt>hái</rt></ruby><ruby>是<rt>shi</rt></ruby><ruby>冒<rt>mào</rt></ruby><ruby>着<rt>zhe</rt></ruby><ruby>危<rt>wēi</rt></ruby><ruby>險<rt>xiǎn</rt></ruby><ruby>獨<rt>dú</rt></ruby><ruby>自<rt>zì</rt></ruby><ruby>一<rt>yì</rt></ruby><ruby>人<rt>rén</rt></ruby><ruby>去<rt>qù</rt></ruby><ruby>見<rt>jiàn</rt></ruby><ruby>魯<rt>lǔ</rt></ruby>

<ruby>肅<rt>sù</rt></ruby>。<ruby>魯<rt>lǔ</rt></ruby><ruby>肅<rt>sù</rt></ruby><ruby>剛<rt>gāng</rt></ruby><ruby>提<rt>tí</rt></ruby><ruby>起<rt>qǐ</rt></ruby><ruby>荊<rt>jīng</rt></ruby><ruby>州<rt>zhōu</rt></ruby><ruby>的<rt>de</rt></ruby><ruby>事<rt>shì</rt></ruby><ruby>情<rt>qing</rt></ruby>，<ruby>關<rt>guān</rt></ruby><ruby>羽<rt>yǔ</rt></ruby><ruby>就<rt>jiù</rt></ruby><ruby>連<rt>lián</rt></ruby>

<ruby>忙<rt>máng</rt></ruby><ruby>打<rt>dǎ</rt></ruby><ruby>斷<rt>duàn</rt></ruby><ruby>他<rt>tā</rt></ruby>，<ruby>說<rt>shuō</rt></ruby>：「<ruby>這<rt>zhè</rt></ruby><ruby>是<rt>shì</rt></ruby><ruby>國<rt>guó</rt></ruby><ruby>家<rt>jiā</rt></ruby><ruby>大<rt>dà</rt></ruby><ruby>事<rt>shì</rt></ruby>，<ruby>現<rt>xiàn</rt></ruby><ruby>在<rt>zài</rt></ruby>

<ruby>飲<rt>yǐn</rt></ruby><ruby>酒<rt>jiǔ</rt></ruby><ruby>這<rt>zhè</rt></ruby><ruby>麼<rt>me</rt></ruby><ruby>高<rt>gāo</rt></ruby><ruby>興<rt>xìng</rt></ruby>，<ruby>不<rt>bú</rt></ruby><ruby>要<rt>yào</rt></ruby><ruby>談<rt>tán</rt></ruby><ruby>論<rt>lùn</rt></ruby><ruby>此<rt>cǐ</rt></ruby><ruby>事<rt>shì</rt></ruby>。」<ruby>喝<rt>hē</rt></ruby><ruby>了<rt>le</rt></ruby>

好一會兒後，關羽又說：「今天真是太高興了，我喝得有點多，荊州的事情，以後再說吧！我先回去休息了！」說完，他就假裝醉了，一手拿刀，一手挽着魯肅，向江邊走去。

士兵們看見關羽挽着魯肅走，都不敢動手，怕傷到魯肅。關羽就這樣一直走到江邊，然後迅速地跳上船，得意地笑着跟魯肅揮手告別。

等孫權的士兵們趕到時，關羽的船離開岸邊已經很遠了，魯肅十分着急，但也沒有辦法，只好呆呆地站在岸邊，眼巴巴地看着關羽的船離去。最後，魯

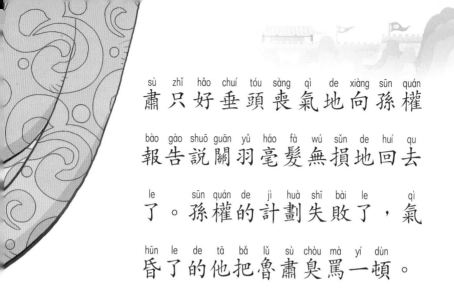

肅只好垂頭喪氣地向孫權
報告說關羽毫髮無損地回去
了。孫權的計劃失敗了，氣
昏了的他把魯肅臭罵一頓。

魯肅

孫權

張飛智取瓦口關

當孫權和劉備在爭奪荊州時，曹操已經自封為魏王，與此同時，馬超和張飛帶着兵馬前來攻打，曹操親自帶着精兵強將迎戰。有一個叫張郃的大將向曹操請令，自告奮勇去迎戰張飛。

兩人打了好幾回合後，張郃逃回自己的營寨裏，不肯出來再迎戰。

無論張飛怎樣撩撥，張郃始終不肯出戰。於是張飛又想辦法來對付他。他知道張郃忍受不了別人罵他，就天天裝作喝醉酒在營寨外面大罵張郃是懦夫。

劉備聽說這件事，十分着急，怕張飛喝醉酒耽誤大事，趕緊找諸葛亮來商量。

諸葛亮笑着說：「主公，不用擔心，這是張飛將軍的計謀。」劉備才明白過來，於是不但沒阻止張飛，反而派人送來幾十甕好酒，張飛罵得更痛快了。張郃實在忍不住了，決定半夜偷襲張飛。

張郃果然中計了，張飛知道後，他一邊叫魏延帶人偷偷地包圍張郃的營

寨，一邊做了一個草人，擺在自己的房間裏。張郃來了，他以為那個草人是張飛。沒有仔細看便揮着長槍過去把「張飛」刺倒。這才發現「張飛」原來是個草人！張郃知道上當了，剛想跑回營寨，只聽見一聲炮響，真張飛殺過來。而魏延也已經把張郃的營寨佔領了，張郃已無路可走。

張郃沒有辦法，只能逃到瓦口關，這裏地勢險要，他派人守在那裏，張飛難以攻破，於是，向當地的老百姓詢問，得知有一條小路可以繞到關後面。張飛就帶着幾百個人，騎着馬，從小路

gōng shàng wǎ kǒu guān　　ér　zhè shí　　zhāng hé zhèng zài wèi jiù yuán
攻上瓦口關。而這時，張郃正在為救援

de jūn mǎ méi yǒu dào lái ér fán nǎo　　jiàn dào zhāng fēi dǎ jìn
的軍馬沒有到來而煩惱，見到張飛打進

lái　　zhǐ hǎo fàng qì wǎ kǒu guān táo pǎo le
來，只好放棄瓦口關逃跑了。

黃忠建奇功

張郃大敗後，回去找曹操，曹操便命他去攻打葭萌關。劉備部下黃忠主動請纓，諸葛亮擔心黃忠年紀太大，就故意說：「你年紀大了，恐怕打不過年輕人！」黃忠一聽，生氣地說：「我一定能打敗張郃！」

於是劉備派他和嚴顏一起去葭萌關攻打曹操。張郃看到劉備派了兩個老頭來，哈哈大笑道：「你們還是快點回去吧！」黃忠揮了揮寶刀，說：「我手裏的寶刀還沒有老呢！」兩個人打了幾

102

十個回合，
都分不出勝
負。這時，嚴

顏從後面攻打張郃，很快，張郃就被打

敗了。

黃忠一鼓作氣，趁着夜色又奪下

曹操幾個軍營，而且越戰越勇。在與曹

操的軍隊作戰時，黃忠更是不費吹灰之

力便把曹操一名心愛的大將斬下馬。在

另一場戰鬥裏，他又活捉曹操的一名大

將。當他凱旋而歸後，劉備高興得合不

攏嘴，連連讚揚黃忠，並封黃忠做「征西大將軍」，大擺酒宴慶賀。

黃忠

曹操怒殺楊修

曹操接二連三地打敗仗，窩了一肚子的氣。曹操和劉備的軍隊各自駐守在漢水的兩側，諸葛亮故意讓趙雲帶着軍隊每天晚上在曹軍附近打鼓放炮，一連三個晚上，把曹操的士兵嚇得睡不着覺，害怕諸葛亮又有什麼計謀，曹操於是叫軍隊退後三十里。

這時，劉備已經過了江，曹操於是向劉備下戰帖。不過，劉備的士兵打不過曹操的軍隊，只好逃走，沿路丟下很多兵器和糧食，曹操卻害怕這是諸葛亮

de jì móu ér bú ràng shì bīng jiǎn
的計謀而不讓士兵撿。

yì tiān zhū gě liàng hé liú bèi yòu zài tǎo lùn jūn
一天，諸葛亮和劉備又在討論軍

qíng zhū gě liàng duì liú bèi shuō cáo cāo zhè ge rén yí
情，諸葛亮對劉備說：「曹操這個人疑

曹操

心很重，我們要利用他這個缺點來打敗他！」於是到了陽平關，諸葛亮又讓士兵們每天晚上打鼓放炮，曹操以為劉備又要進攻了，趕緊連夜逃跑。逃到半路，隊伍停下來休息，曹操一邊喝雞湯一邊自言自語地說：「雞肋！雞肋！」夏侯惇不明白曹操是什麼意思。曹操手下有個謀士叫楊修，聰明過人。他聽到曹操的話後，就自作主張地叫士兵們收拾行李，夏侯惇就更加不明白了。

　　夏侯惇去問楊修，楊修對他說，雞肋這種食物，吃了沒有味道，扔了它又可惜。就和現在的情況一樣，前進不

對，後退也不對，所以曹操的意思是讓我們各自回家去。這天晚上，曹操睡不着，出來散步，發現士兵們都在忙着收拾行李，嚇了一大跳。忙問緣故，才知道原來是楊修叫的。曹操覺得楊修是在動搖軍心，一怒之下就把楊修殺掉了。

關羽刮骨療毒

曹操打不贏劉備，於是從漢中撤軍，劉備佔領了漢中，當上了大王，封諸葛亮為軍師，封關羽、張飛、趙雲、馬超和黃忠為「五虎上將」。劉備的勢力越來越大，孫權便想和劉備拉近關係，他想讓關羽把女兒嫁給自己的兒子，不過，關羽可看不上孫權的兒子。

孫權於是決定和曹操聯合攻打劉備。

諸葛亮派關羽去攻打樊城，曹操就叫龐德來對戰關羽。關羽和龐德打了幾十個回合，也分不出輸贏。陰險的龐德

就叫人偷偷從背後放箭，射中了關羽的右臂。關羽不顧傷痛，叫士兵堵住大河的出口，準備用水來淹曹軍。下了幾天的大雨後，關羽要大家把水放出來。大水把曹操的軍隊沖得七零八落的。可是，射中關羽的

關羽

110

原來是一支毒箭，沒多久毒藥就滲進骨頭裏去了，右臂青腫，不能運動。

關羽的兒子十分憂慮，和眾將商議不如暫回荊州，讓關羽調理。但關羽認為現在正是剿滅曹操的關鍵時刻，怎能因為小小的箭瘡而誤了殺敵大事，不

肯回去。大家只好請來神醫華佗給關羽看病。華佗來的時候，關羽正在和人下棋。華佗請關羽把衣服脫下，讓他看箭傷。他一看，皺着眉頭說：「這是毒箭所傷，而且箭毒已入骨，如果不早治，這條手臂就沒用了。一定要切開皮肉，用尖刀刮走骨頭裏的毒藥才可以。」關羽聽了點點頭。華佗就切開他的皮肉，為他刮骨療傷。旁邊的人都用手掩着臉不敢看，但關羽仍然飲酒食肉，照樣談笑風生的和人下棋，全無痛苦的樣子，大家都深深佩服。

關羽大意失荊州

荊州是孫權一直想要奪回的軍事重地，關羽在這裏已經駐守多年。孫權叫呂蒙想辦法奪回荊州，呂蒙想不出好辦法，躲在家裏裝病。陸遜這時建議孫權利用計策迷惑關羽，再找機會攻打荊州。於是孫權派使者去向關羽求和，關羽以為孫權怕自己，有意投降，一時大意了，便調出大半的軍馬去樊城攻打曹操。這時，呂蒙抓住機會，輕易地佔領了荊州。

關羽一聽到荊州被呂蒙佔領了，

怒氣直沖頭頂，剛剛縫好的傷口又裂開了，他昏倒在地。眾將領連忙把他救醒。他下決心一定要把荊州奪回來，就率軍向荊州出發。可是一路上，遇到孫權派出的大軍，來回打了很長時間都無法取勝，關羽逃到麥城，孫權的軍隊在後面緊追不捨，也來到麥城，將關羽他們包圍起來。諸葛瑾勸關羽投降，但關羽是劉備生死與共的結拜兄弟，任憑孫權許諾什麼也不答應。諸葛瑾只好無奈地回去告訴孫權。孫權說：「真是忠臣啊！怎麼辦好呢？」呂蒙說：「不用擔心，我有計謀。」

關羽一直在等援兵，但是眼看糧草就快用完了，劉備派來的援軍還沒到，關羽決定帶着餘下的二百多名士兵殺出

關羽

去。可是，他沒想到東吳的軍隊早就在路上設好埋伏了。當關羽意識到這一點時已經晚了，無數東吳士兵衝出來，關羽的兵馬亂成一團，而且寡不敵眾。關羽的傷口裂開了，他感到身體很痛。到了草地上，關羽的馬又被絆倒，關羽被抓住了。孫權繼續勸他投降，但關羽寧死不屈，孫權對他十分敬重，想繼續以禮相待，希望他日後歸降。但孫權的手下勸他說：「以前曹操待他那麼好，他仍然是回到劉備身邊。如果您今日不殺他，恐怕會成為東吳的大患。」於是孫權命人殺了關羽。

魏蜀吳三國鼎立

曹操一向十分敬重關羽的忠義，聽到關羽的死訊，十分悲痛，這時，他經常發作的頭痛也更加嚴重了。名醫華佗為他看病，說要把他的頭顱打開才能治好。曹操一聽，十分生氣，以為華佗想害死他。華佗卻說：「當日我給關羽將軍刮骨療毒時，他一邊下棋一邊療傷，一聲痛都沒

華佗

有叫喊。大王您的只是小病而已，您為
什麼這麼多疑呢？」曹操一聽，十分生
氣，下令將華佗殺了。

　　神醫華佗死了，就再也沒人能治曹
操的頭痛病了。曹操後悔也來不及了，
他的頭痛病越來越嚴重，最後病死了。

　　曹操死後，他的兒子曹丕當上皇帝，立
國號為魏，都城設在洛陽。第二年，

劉備在四川也當
上皇帝，在歷史
上被稱作蜀國，
都城在成都。八
年後，孫權也當
上皇帝，他的國
號叫做吳，都城
在建業。這樣，
魏、蜀、吳三國
鼎立的局面形成
了。

三國演義

120

張飛深夜遇害

自從關羽死後，張飛十分傷心，天天喝得醉醺醺的，脾氣也變得十分暴躁，喝醉了就拿鞭子打士兵，大家對他又怕又恨。劉備知道關羽的死訊，痛哭了一場，決定要為關羽報仇，殺了孫權。諸葛亮想勸阻他們，不過，劉備和張飛都想趕快為關羽報仇，並不聽諸葛亮的話。

劉備決定和張飛一起領兵去攻打孫權，張飛回到軍中，命令手下在三天之內做好白色的大旗和白色的衣服，士兵

men dōu yào chuān zhe bái sè yī fu qù gōng dǎ wú jūn kě shì
們都要穿着白色衣服去攻打吳軍。可是

sān tiān shí jiān gēn běn bú gòu yòng liǎng gè shǒu xià fàn jiāng hé
三天時間根本不夠用，兩個手下范疆和

zhāng dá dōu qǐng qiú zài duō kuān xiàn jǐ tiān zhāng fēi bù kěn dā
張達都請求再多寬限幾天。張飛不肯答

ying hái shēng qì de bǎ tā men dǎ le yí dùn fàn jiāng hé
應，還生氣地把他們打了一頓。范疆和

zhāng dá liǎng gè rén jué de hěn wěi qū mái yuàn zhāng fēi bǎ qì
張達兩個人覺得很委屈，埋怨張飛把氣

chū zài tā men shēn shang tā men qì bú guò jiù jì móu shā
出在他們身上，他們氣不過，就計謀殺

diào zhāng fēi
掉張飛。

這天，張飛又因思念關羽而心神不安，他叫部將和他一起飲酒，然後睡着了。范疆和張達知道這消息後，在夜深人靜時，帶着武器悄悄進入張飛房間。

他們走近張飛，正想下手時，卻被嚇了一跳！原來，張飛的兩隻眼睛瞪得大大的，好像在盯着他們看呢！他們緩過氣來後，休息了一會兒，漸漸發現張飛沒有什麼動靜，還發出打雷一樣的鼾聲。

原來張飛是睜着眼睛睡覺的。兩個人就壯着膽子把張飛殺掉了！然後，一起逃去東吳。

陸遜火燒聯營
lù xùn huǒ shāo lián yíng

關羽死了，張飛
guān yǔ sǐ le　　zhāng fēi

也死了，劉備一想到
yě sǐ le　　liú bèi yì xiǎng dào

當日的「桃園三結
dāng rì de　　táo yuán sān jié

義」就十分悲痛，
yì　　jiù shí fēn bēi tòng

他決心為兩位結拜
tā jué xīn wèi liǎng wèi jié bài

弟弟報仇。於是，
dì di bào chóu　　yú shì

劉備帶領幾十萬大
liú bèi dài lǐng jǐ shí wàn dà

軍向東吳出發。一
jūn xiàng dōng wú chū fā　　yí

劉備

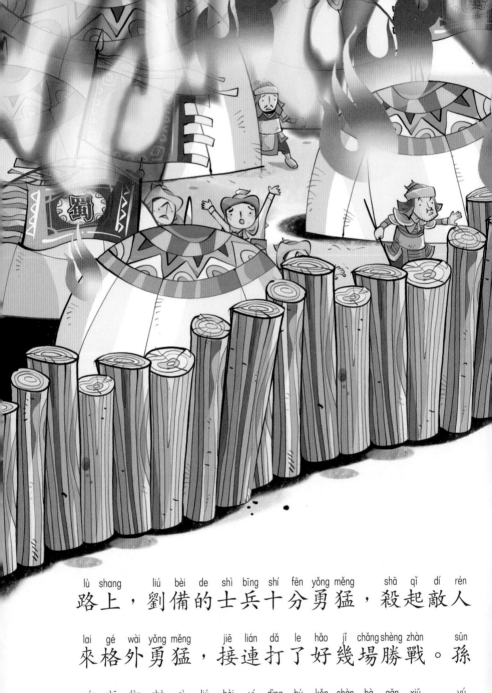

路上，劉備的士兵十分勇猛，殺起敵人

來格外勇猛，接連打了好幾場勝戰。孫

權知道這次劉備一定不肯善罷甘休，於

是把范疆和張達押在囚車裏，送給劉備

chǔ zhì　　liú bèi shā le tā men　　dàn hái shi jué de bù jiě
處置。劉備殺了他們，但還是覺得不解

qì　　wú lùn rú hé dōu bù kěn shōu bīng
氣，無論如何都不肯收兵。

sūn quán shí fēn hài pà　　yú shì jí máng qǐng lù xùn chū
孫權十分害怕，於是急忙請陸遜出

mǎ zhù dōng wú shā dí　　lù xùn shí fēn cōng míng　　tā zhī dào
馬助東吳殺敵。陸遜十分聰明，他知道

劉備的軍營連結得很緊密後，就決定用火攻來對付他們。諸葛亮一看劉備的地圖，就預測到東吳用火攻戰術了，連忙派趙雲去救他們。可是劉備太自大了，根本沒把陸遜放在眼中，沒有認真備戰。這天晚上，突然颳起風，天氣很乾燥，陸遜就叫士兵們放火，結果劉備的軍營很快就被燒光。

劉備十分慌亂，只好騎上馬逃走。

到了白帝城，劉備就生了場大病，奄奄一息。諸葛亮趕來見他最後一面，劉備很後悔當初沒有聽諸葛亮的話，不過現在一切都晚了。他把自己的兒子阿斗託

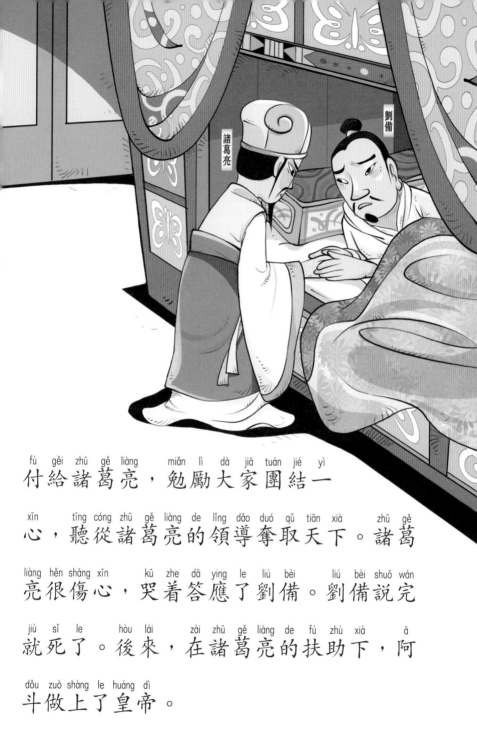

付給諸葛亮，勉勵大家團結一
心，聽從諸葛亮的領導奪取天下。諸葛
亮很傷心，哭着答應了劉備。劉備說完
就死了。後來，在諸葛亮的扶助下，阿
斗做上了皇帝。

七擒七縱孟獲

劉備死後，諸葛亮幫助阿斗治理蜀國。當時，雲南的少數民族常常來侵犯蜀國，蜀國的民眾生活十分不安定，諸葛亮決定擒拿他們的首領孟獲。雙方一路激戰，很快孟獲就被包圍了，當他逃往山谷時，被魏延捉住。諸葛亮問孟獲是否服氣，孟獲說不服氣。於是，諸葛亮笑着放了他。孟獲對諸葛亮說：「你再捉了我，我就服你。」

孟獲被放回去後，繼續像以前一樣，對手下很殘暴，隨便打罵他們。

諸葛亮

孟獲

tā de shǒu xià shòu bù liǎo
他的手下受不了

tā jiù chèn tā hē zuì de shí hou bǎ tā bǎng qi lai sòng
他，就趁他喝醉的時候，把他綁起來送

dào zhū gě liàng miàn qián mèng huò hái shi bù fú qì zhū gě
到諸葛亮面前。孟獲還是不服氣，諸葛

liàng jiù yòu bǎ tā fàng le dì sān tiān mèng huò tōu xí zhū
亮就又把他放了。第三天，孟獲偷襲諸

gě liàng de jūn yíng zhū gě liàng zǎo yǒu zhǔn bèi tā yòu bèi
葛亮的軍營，諸葛亮早有準備，他又被

zhuā zhù le dàn shì tā zǒng shì yǒu jiè kǒu bù fú shū zhū
抓住了，但是他總是有藉口不服輸。諸

gě liàng zhī dào tā bù fú qì yòu fàng tā zǒu le
葛亮知道他不服氣，又放他走了。

mèng huò dì sì cì shuài bīng qián lái xiōng yǒu chéng zhú de
孟獲第四次率兵前來，胸有成竹的

樣子。這次，諸葛亮不許城中將士出去迎戰，反而命令將士將浮橋拆掉，並丟下糧食、兵器和營寨，向後撤軍。孟獲以為蜀國出了大事，蜀軍才慌忙丟下東西往回趕，就派兵緊追。沒想到諸葛亮退了一段就又安營紮寨起來，孟獲以為諸葛亮在迷惑自己，於是就跟他對峙起來，可

沒想到趙雲早已在下游過了河，從後面團團圍住孟獲，第四次捉住了他。

接着，孟獲又被諸葛亮抓住兩次，他說只要再有一次被抓住，就心服口服地認輸。諸葛亮笑着答應了他。這次，孟獲借來藤甲兵，他們刀槍不入，竟然把魏延都打敗了。可是諸葛亮故意把藤甲兵引進山谷裏，放了一把大火，藤甲噼里啪啦地燒着了，孟獲就再也沒有辦法了，第七次抓住了孟獲。這次，孟獲不再找藉口了，他誠心誠意地向諸葛亮認輸，這以後還幫諸葛亮打了好幾個勝仗呢！

諸葛亮妙計收姜維

劉備死後，諸葛亮一直牢記他的遺囑，決定攻打魏國。不過，「五虎上將」中的關羽、張飛、馬超和黃忠都已不在了，只剩下趙雲一名大將，而且趙雲也已經七十多歲。諸葛亮聽說魏國的姜維，不但知識淵博，而且武藝高強，是難得的人才，決定想辦法說服姜維，讓他為蜀國效力，完成劉備的大業。

諸葛亮知道姜維是個有名的孝子，就故意派人去攻打姜維母親住的地方。姜維知道後，趕過來救母。姜維一看母

親平安健康，心中的大石頭就落下了。

可是這時，諸葛亮叫人到處宣傳說姜維已經向蜀國投降了。魏國的將領們都紛紛指責他是叛徒，不讓他進城。然後，諸葛亮又真誠地說服姜維，姜維決定投降。後來，諸葛亮把自己所有的本領傳授給姜維，而姜維也為蜀國立下了很大的功勞。

妙計破鐵車兵

魏國和蜀國的戰爭開始了！雖然蜀國的「五虎上將」已經所剩無幾，但是諸葛亮每次都會想出計謀來對付敵人。

這次，魏國的軍師叫王朗，是一個七十多歲的老頭，他勸諸葛亮投降，諸葛亮一聽，就利用王朗不能被激的特點，開始嘲笑他，還罵得很難聽。王朗非常生氣，結果從馬上掉下來摔死了。

魏國決定用從西羌國借來的鐵車兵作戰。鐵車兵就是用鐵皮包裹的戰車，上面裝滿了弓箭和大鐵錘。有了鐵車兵

的幫助，魏國打了個大勝戰，還團團包圍住蜀國的大將。

他們以為這次肯定能打敗蜀軍了，沒想到，諸葛亮和姜維都想到同一條破鐵車兵的妙計！這天正下大雪，諸葛亮事先派人在小樹林裏挖下好多陷阱，然後再把鐵車兵引進來。漫天的大雪覆蓋住地面，鐵車兵們什麼也看不見，全都掉進陷阱裏，西羌國的丞相也被抓了。

不過，諸葛亮給他解開繩子，給酒他喝，還放他回去，把鐵車和士兵都還給他。西羌國的丞相非常感動，從此，西羌國對蜀國變得十分友善。

馬謖

諸葛亮

馬謖拒諫失街亭
mǎ sù jù jiàn shī jiē tíng

shǔ guó yòu yíng le wèi guó　　　yú shì wèi guó pài sī
蜀國又贏了魏國，於是魏國派司

mǎ yì dài lǐng èr shí wàn shì bīng xiàng jiē tíng fā qǐ jìn gōng
馬懿帶領二十萬士兵向街亭發起進攻。

jiē tíng shì gè jūn shì zhòng dì　　　wàn wàn bù kě diū shī　　　mǎ
街亭是個軍事重地，萬萬不可丟失，馬

sù xiàng zhū gě liàng bǎo zhèng yí dìng jiān shǒu zhù jiē tíng　　　rú guǒ
謖向諸葛亮保證一定堅守住街亭，如果

diū shī　　　jiù qǐng àn jūn fǎ chǔ zhì zì jǐ　　　yú shì zhū gě
丟失，就請按軍法處置自己，於是諸葛

亮答應了。可是，馬謖遠比不上馬超，只是空有一肚子的學問，卻沒有實戰經驗，根本不懂打仗。他不聽部下的勸告，堅持把軍隊帶到一座孤零零的山上。

司馬懿聽到馬謖這樣紮營，就立即把握這個千載難逢的機會發起進攻。他們把山包圍住，截斷蜀國前來的救援。馬謖沒有辦法，只好命令大家往下衝，可是誰也不想送死，沒有一個人聽他指揮。馬謖十分無奈，只好留在山上等救兵。可是蜀國來幫助馬謖的軍隊根本就無法上山。這時，又餓又累的士兵們實

在堅持不住，全都跑到山下投降了。馬

謖十分懊惱，可是他無法攔阻。

司馬懿

接着，魏國的軍隊又在山腳下放起大火，煙霧瀰漫了整座山，大火就要燒上來了！馬謖不顧一切地衝下山，拼命地跑，司馬懿帶着兵馬在後面緊追不捨。逃了好久，馬謖才見到蜀國的軍隊。可是蜀國的士兵們實在太疲憊了，就連戰馬也呼呼地喘着氣，兩軍交戰，蜀軍大敗。就這樣，馬謖丟掉了軍事要地街亭。他知道自己犯了大錯，就叫人把自己綁起來去見諸葛亮，請求他處置自己。

諸葛亮大擺空城計

馬謖丟失街亭後，諸葛亮十分痛心。不過，蜀國軍隊的糧草都貯藏在西城，先撤走糧草是當務之急。諸葛亮獨自一人帶幾千士兵守在西城，連夜撤走糧草

後，又命人修了路，然後，讓姜維帶領士兵在山谷裏等着魏國的軍隊。這個時候，司馬懿已經帶領十萬大軍前來攻打西城，情況十分危急。

大家聽到此消息都不知怎麼辦才好，諸葛亮登上城樓眺望遠方，果然見到前面塵土飛揚，魏軍分兩路向着西城殺來。他走下城來，命令大家把所有大旗都放下，還吩咐士兵們藏起來。同時把四面八方的城門都打開，又叫來了幾十個老士兵換上普通老百姓的衣服在城門附近灑水掃地。他自己則帶着兩個小童和一張琴登上城頭，開始悠閒地彈起

琴來。

司馬懿率領大軍來到城下，看到諸葛亮在城頭上彈琴，除此之外沒看見什麼軍隊。城門大開，四處都十分安靜。

司馬懿的兒子說：「是不是諸葛亮沒有士兵，故意作這樣的姿態？」司馬懿

諸葛亮

說：「不會，諸葛亮平生謹慎，不曾冒險，如今他大開城門，必有埋伏。」於是就帶着軍隊調頭走了。諸葛亮看他們走了，便大笑着從城樓上走下來。司馬懿回去後，覺得有點不對勁，便返回去找諸葛亮，卻已經晚了。他後悔不及，仰天長歎：「我真的比不上諸葛亮啊！」

諸葛亮揮淚斬馬謖

馬謖丟失了街亭，他用繩子綁着
自己來到諸葛亮面前，撲通一聲跪下，
痛哭流涕。諸葛亮歎了口氣，說道：
「我曾多次告誡你，街亭十分重要。你
當初以全家性命來領此重任，但你不肯
聽從部下勸告，令街亭丟失，蜀軍打了
敗仗，死了很多將士，我只能按軍法斬
了你的頭！」馬謖一聽，哭得更加傷心
了，他自己知道難逃一死，但想到家中
的妻兒老小，於是請求道：「我罪有應
得，但是請丞相照顧好我的兒子吧！」

諸葛亮說：「你放心好了，我和你情如手足，你的兒子即我的兒子，我會照顧好他們的！」馬謖沒了牽掛，謝過諸葛亮，就被人推出去斬首。

將要開斬之際，一位大將跑來攔住諸葛亮。他請求諸葛亮看在馬謖忠心耿耿的分上，不要殺他。諸葛亮歎了一口氣，悲痛地說：「我

馬謖

諸葛亮

們以後還有很多仗要打，如果沒有嚴格
的紀律，我們怎樣治軍呢？如果言而無
信，是難以完成統一大業的啊！」大家
一聽，都點點頭，沒有話說了。諸葛亮
含着眼淚，叫人把馬謖斬首了。

　　馬謖被斬首之後，諸葛亮十分自
責，他責怪自己用錯了人，還連累了大
家。大家看到諸葛亮這麼難過，都流下

了眼淚。他們紛紛安慰諸葛亮，叫他不要再傷心和自責了。諸葛亮厚葬了馬謖，又安頓好他的家人。然後，他親自給阿斗寫了一封信，說由於自己做錯事，用錯人，使國家蒙受重大損失，要求阿斗處罰自己。大臣們看到諸葛亮對自己都這樣嚴格要求，以後都更加盡心盡力地為蜀國效力了。

蜀軍北伐中原

諸葛亮和司馬懿的軍隊在祁山對陣，這次，他們決定鬥陣法，諸葛亮隨便擺了一個八卦陣，讓司馬懿來攻打，司馬懿冷笑一下，說：「哼，這有什麼難的！」立即派幾員大將攻打八卦陣，誰知道，幾員大將在裏面繞來繞去，始終找不到出口。原來這個陣法最屬害的地方就是讓人找不到來時的路。三員大將被蜀軍活捉了。

不久，諸葛亮要向北進發，攻打魏國。他觀察天象，知道最近一定會有大雨，山裏的洪水一旦爆發，就會淹沒魏國的軍隊。果然，當魏國的軍隊抵達的時候，大雨如注，魏國將士們的衣服和兵器全都濕透了，他們準備的糧食又不多，士兵們就快要堅持不住了。然而這時阿斗卻聽信謠言以為諸葛亮要謀反，命令他趕緊回去。諸葛亮接到信，感到非常無奈，只好撤兵。

諸葛亮

司馬懿

撤兵時，諸葛亮為防備司馬懿會趁
機攻擊，因此下令全軍分五路而退，每
日每營多挖一千個灶。司馬懿聽說蜀國
的兵馬已經撤退，便帶人馬前去察看，
卻發現蜀軍留下的灶一天比一天多，他
懷疑蜀國的軍隊人數一天比一天增加

了，於是不敢再繼續追擊。後來，當地人告訴他：諸葛亮退兵時，並沒有增添士兵，只是多挖了灶。司馬懿這時才知道自己又上了諸葛亮的當。

轉眼間，秋天到了，為了準備軍隊的糧食，諸葛亮第五次帶兵到祁山搶割麥子。可是司馬懿的軍隊駐守在那裏，為了嚇走司馬懿的軍隊，他想出了一個裝神扮鬼的方法，讓兩個人假扮自己，然後三個「自己」同時出現，指揮軍隊攻打魏兵。那天，霧很大，魏國士兵都分不清楚哪個才是真的諸葛亮，此時司馬懿不知蜀兵到底有多少，也不知是不是鬼，於是急急帶兵回城，閉門不出。

蜀軍趁機收割完麥子，補充了軍糧。

一年又一年的征戰和操心勞累，諸葛亮的身體一天不如一天了，不過他又帶三十多萬人馬和司馬懿的四十萬軍隊打起來。諸葛亮用木頭做了「木牛」和「流馬」來運糧食，上山下山都很方便。司馬懿知道後，就想去搶木牛和流馬。諸葛亮故意就讓他們搶到木牛和流馬，再把他們引進山裏，讓魏軍吃了敗仗。這次司馬懿可真是損失慘重，但不幸的是，諸葛亮的病也越來越嚴重，不久就去世了。

木像嚇退司馬懿

諸葛亮死去的消息一傳到司馬懿的耳朵裏，他就立刻開始攻打蜀國。不過，他又擔心這是諸葛亮的詭計。這時，諸葛亮坐在一輛車上迎面而來！司馬懿大驚，說：「原來諸葛亮還在，我中計了！」趕緊掉頭就跑，士兵們也跟着一窩蜂地胡亂逃竄，一直跑了幾十里路才停下來。司馬懿喘息了好一會才回過氣，用手摸摸自己的腦袋，說：「幸好，我的腦袋還在！」

其實諸葛亮真的早就死了，司馬懿看到的難道是幻象嗎？原來，司馬懿

看見的諸葛亮只是個假人而已，諸葛亮

早在自己死之前就叫人做好，用來對付

司馬懿。司馬懿佩服地說：「諸葛亮真

不愧是神仙，我確實比不上他！」可等

他再回頭去追蜀國的軍隊時，已經太晚

了，蜀軍早走光了。大軍回到蜀國的漢

中，大家因為諸葛亮的死，舉國悲痛，

痛哭不已。

魏延

姜維攻打魏國

諸葛亮臨死前將很多重要的事情交
給姜維完成，魏延十分嫉妒，不服氣。

其實，諸葛亮知道魏延在他死後必定造
反，於是暗地裏安排將士，設法將他殺
掉。楊儀記着諸葛亮的吩咐，故意對魏
延說：「你敢連叫三聲誰敢殺我嗎？」

魏延是個自大的人，想都沒想就大喊：

「誰敢殺我？」這時，一名大將衝出來，真的就把他殺掉了。

魏延死後，姜維號召大家團結一起去攻打魏國，完成諸葛亮的心願。兩國交戰，姜維採用諸葛亮曾經用過的八陣圖陣法。沒想到魏國的大將鄧艾竟然也懂，擺出了個一模一樣的八陣圖。兩個八陣纏繞在一起，誰也看不清楚誰，鬥了半天也分不出輸贏。突然，姜維一揮大旗，將蜀軍變成了「長蛇捲地陣」，鄧艾的士兵一下就被圍住了，被蜀軍打得七零八落。

魏國大將郭准帶兵前去攻打姜維的營寨，逼得姜維慌忙逃了出來，他手上

只帶了一副弓，
zhǐ dài le yí fù gōng

卻沒有拿箭。郭准在
què méi yǒu ná jiàn guō zhǔn zài

後面緊追不捨，眼看就要
hòu miàn jǐn zhuī bù shě yǎn kàn jiù yào

追上了，姜維只好假裝拉弓射箭，
zhuī shàng le jiāng wéi zhǐ hǎo jiǎ zhuāng lā gōng shè jiàn

一連拉了十多次，郭准一開始頻頻躲
yì lián lā le shí duō cì guō zhǔn yì kāi shǐ pín pín duǒ

避，後來次數多了，他發現姜維只是虛
bì hòu lái cì shù duō le tā fā xiàn jiāng wéi zhǐ shì xū

發，手中根本沒有箭，於是他便用箭來
fā shǒu zhōng gēn běn méi yǒu jiàn yú shì tā biàn yòng jiàn lái

射姜維。姜維一閃身躲過，順手把箭接
shè jiāng wéi jiāng wéi yì shǎn shēn duǒ guò shùn shǒu bǎ jiàn jiē

了過來扣在弓弦上，向郭准反射回去，
le guò lái kòu zài gōng xián shang xiàng guō zhǔn fǎn shè hui qu

這一箭就射中了郭准，把他殺死了。
zhè yí jiàn jiù shè zhòng le guō zhǔn bǎ tā shā sǐ le

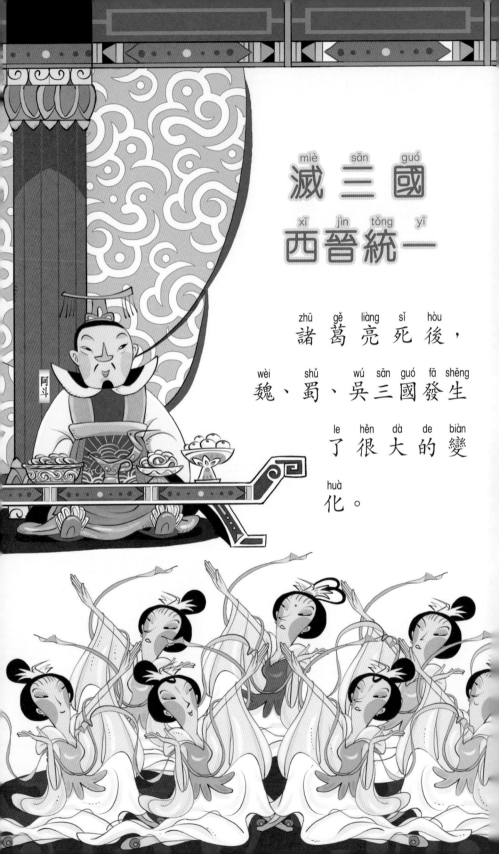

滅三國
西晉統一

諸葛亮死後，
魏、蜀、吳三國發生
了很大的變
化。

在魏國，司馬懿逐漸取得軍事大權，他廢了皇帝曹芳，立曹髦為皇帝並聽命於他。接着，司馬懿的兒子司馬昭又殺掉了曹髦，不過，他暫時還不敢當魏國的皇帝。司馬昭死後，他的兒子司馬炎當上了魏國的國君，建立了晉朝，歷史上稱為西晉。

在蜀國，雖然姜維每天都督促阿斗訓練士兵去攻打魏國和吳國，可是阿斗聽不入耳。他每天喝酒作樂，不理政事。當日漸強大的魏國帶大軍來攻打蜀國時，蜀國的士兵們就抵擋不住了，最後蜀國滅亡，阿斗也被抓了。司馬昭

用美食美酒款待他和蜀國官員。在宴會上，所有蜀國官員都悲傷流淚，惟有阿斗仍一如往常的滿臉歡喜。司馬昭問他：「你思念蜀國嗎？」阿斗回答說：「在這兒很快樂，我不思念蜀國。」成語「樂不思蜀」便是由此而來。

在吳國，孫權死後，他的兒子孫亮當上了皇帝。後來，孫皓又當上了皇

166

帝，但他完完全全是個昏君。一次，他和魏國的司馬炎交戰，因為他的無能，一連幾場都吃敗仗，最後被晉朝的士兵抓住了。他看到司馬炎，就害怕得跪在地上不停地磕頭，求他饒命。司馬炎得意地大笑着把他的帝位廢了。

消滅了吳國之後，司馬炎就完成了統一天下的大業。蜀、吳都歸入西晉國土，歷史上一個新王朝——西晉誕生了！

趣味思考

1. 故事中的「五虎上將」是哪幾位？你覺得現實社會中，什麼樣的人能稱得上這個名稱？

2. 因為曹操有恩於關羽，所以當關羽守在華容道時，他放走了曹操。如果諸葛亮讓張飛守華容道，結果會怎樣呢？為什麼？

3. 諸葛亮對司馬懿使用了空城計，周瑜對曹操使用了苦肉計，書中的計謀多種多樣，你最喜歡哪一個計謀呢？為什麼？

4. 你覺得孫夫人喜歡劉備嗎？為什麼？

5. 馬謖雖然懂很多戰術，卻從來沒有指揮過戰鬥，所以最後輸掉了街亭之戰。通過這件事情，可以讓你明白什麼道理嗎？說說看。

6. 華佗是一個名醫，卻因為曹操的多疑而被他殺掉了。如果華佗生活在現在，他會過得怎麼樣？

7. 貂嬋被稱為古代四大美人，她不僅長得美，還為了拯救國家而十分努力。你覺得成為真正的美人，需要什麼樣的品質？說說看。

8. 你最喜歡書中的哪個人物，為什麼？

四大名著・漢語拼音版

三國演義

作　　者：羅貫中
插　　畫：野人
責任編輯：曹文姬
美術設計：李成宇
出　　版：新雅文化事業有限公司
　　　　　香港英皇道499號北角工業大廈18樓
　　　　　電話：(852) 2138 7998
　　　　　傳真：(852) 2597 4003
　　　　　網址：http://www.sunya.com.hk
　　　　　電郵：marketing@sunya.com.hk
發　　行：香港聯合書刊物流有限公司
　　　　　香港荃灣德士古道220-248號荃灣工業中心16樓
　　　　　電話：(852) 2150 2100
　　　　　傳真：(852) 2407 3062
　　　　　電郵：info@suplogistics.com.hk
印　　刷：中華商務彩色印刷有限公司
　　　　　香港新界大埔汀麗路36號
版　　次：二〇一三年七月初版
　　　　　二〇二四年八月第十一次印刷

ISBN: 978-962-08-5766-9
© 2013 Sun Ya Publications (HK) Ltd.
18/F, North Point Industrial Building, 499 King's Road, Hong Kong.
Published in Hong Kong SAR, China
Printed in China